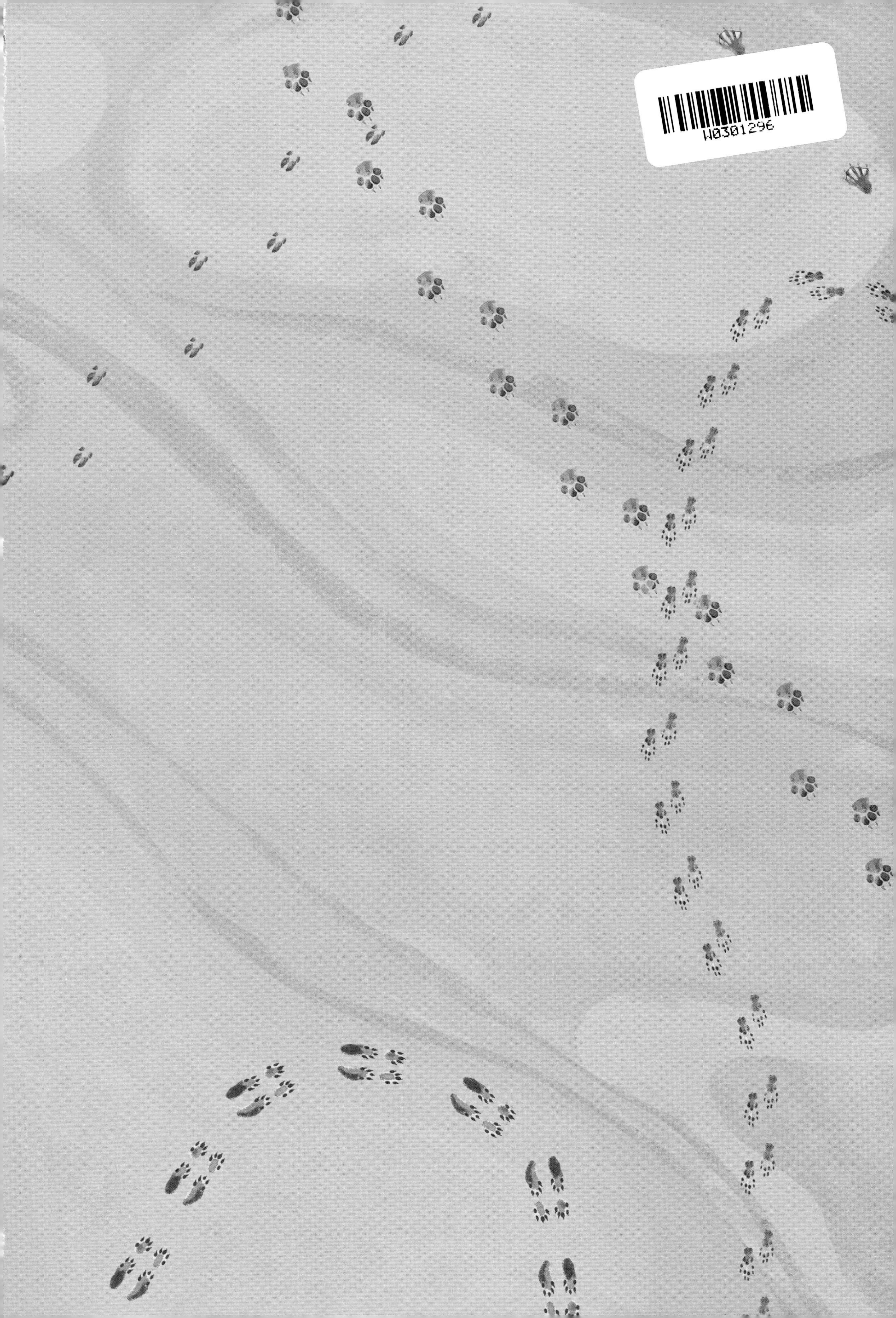

EL
GRAN
LLIBRE
DE LES
BÈSTIES

Text i il·lustracions
YUVAL ZOMMER

Experta en bèsties
BARBARA TAYLOR

Pots trobar...

... l'empremta misteriosa,
15 vegades en aquest llibre?
Compte amb els impostors!

EL GRAN LLIBRE DE LES BÈSTIES

JOVENTUT

QUI HI HA AQUÍ?

FAMILÍES BESTIALS

Què és el que fa d'un mamífer una bèstia?

Els «mamífers» són els animals amb pèl i sang calenta. Alguns són amigables i d'altres són bestials! Una bèstia és molt perillosa, astuta i sobretot salvatge! Vet aquí una llista de les bèsties més bèsties.

Primats...

... inclouen micos i simis
... mengen insectes, plantes, i alguns fins i tot carn

Ungulats artiodàctils...

... tenen peülles i un nombre parell de dits
... inclouen facoquers i hipopòtams
... mengen plantes

Rosegadors...

... tenen quatre dents frontals grans
... inclouen ratolins i rates, així com castors i porcs espins

Carnívors...

... tots mengen carn

... inclouen tots els grans felins

... inclouen óssos, hienes, mosteles, binturongs, llops, guineus i ratels

Ratpenats...

... tot sols formen una família

... mengen fruita i insectes

... alguns només beuen sang

... constitueixen un quart del total de mamífers

Armadillos i peresosos...

... són de la família dels xenartres

... mengen plantes i insectes

... paeixen les coses molt a poc a poc

Marsupials...

... inclouen cangurs i diables de Tasmània

... mengen plantes

... tenen una bossa per transportar les seves cries

URPES I DENTS

Com es defensa una bèstia?

Les bèsties fan servir les seves urpes i dents per a tota mena de coses, com ara caçar, lluitar, defensar-se, i de vegades només per a presumir. Vet aquí algunes de les urpes i dents més espectaculars i esgarrifoses.

Com s'aferra!

El guepard té unes urpes molt llargues per aferrar-se al terra i un polze per poder aferrar la seva presa.

Tan dures com claus

L'ós formiguer té urpes llargues i fortes per esqueixar termiters, durs com el ciment.

Eines útils

Les urpes del talp tenen forma de pales petites. Les fa servir per excavar el terra i fer-ne turonets.

Dents de vampir

Un ratpenat vampir fa servir les seves dents com agulles per tallar en forma de V la pell de les vaques. Llepa la sang que brolla fent servir la seva llengua aspra i petitona.

Cruixir de dents

L'ós bru fa servir les seves dents extrafortes per trencar ossos i arribar al suculent moll de l'os que hi ha a dins.

Dentadura aterridora

Un hipopòtam deixa la seva boca enorme oberta per poder exhibir les seves terribles dents i espantar els seus enemics.

UDOLS, GRUNYITS I OLORS

Com es presenta una bèstia?

Hi ha un munt de maneres en què les bèsties donen signes de ser a prop, encara que no les puguis veure. Hi ha signes que s'ensumen, d'altres s'escolten, i d'altres són realment sorprenents!

Grrrrrr!

Molts grans felins grunyen per fer por i per comunicar-se amb la seva bandada. El lleó té el gruny més fort de tots.

La rebequeria del porc espí

El porc espí crestat espanta els depredadors amb cops de peu al terra, grunyits i panteixos.

Bomba fètida

El ratel produeix una bomba fètida per asfixiar els seus enemics.

La dolça olor del fang

El castor marca el seu territori amb un fang espès que fa olor de vainilla: fins i tot es fa servir com a condiment alimentari.

Armadillos cridaners!

L'armadillo pelut cridaner es posa a xisclar els seus enemics fins a foragitar-los.

ARMADILLOS

Per què els armadillos porten armadura?

Per protegir-se de llops, pumes i altres depredadors famolencs! Unes plaques òssies molt dures li cobreixen l'esquena, el cap, les potes i la cua. Només la panxa és tova.

L'armadillo excava caus

Les seves grans urpes frontals i les seves fortes potes permeten a l'armadillo fer túnels sota terra.

Té la llengua llarga i enganxosa...

... per a capturar formigues i altres cuques molt ràpid.

Com amaga la seva panxa tova?

La majoria d'armadillos fan un forat per protegir-se. Però l'armadillo de tres bandes es pot recargolar formant una bola dura.

GUINEUS

És llesta la guineu?

Molt, especialment quan va de cacera. Una guineu pot calcular exactament a quina distància està la seva teca, sense ni tan sols veure-la.

El so més lleu

Una guineu pots sentir un cuc recargolant-se pel terra, i un ratolí fent un forat sota els seus peus.

Es cargola per estar calentona

Quan fa fred, la guineu s'abriga amb la seva cua llarga i espessa.

S'acosta sigil·losament a un ratolí

La guineu fa un bot i aterra just a sobre d'un petit ratolí fugisser.

Provisions

Si una guineu té menjar de sobres, l'enterra en un amagatall per a més tard.

Sabies...

... que la guineu prefereix anar sola que en manada?

BABUÏNS

És molt rondinaire un babuí?

Els babuïns són astuts i fanfarrons, i sempre es fiquen en picabaralles. Són molt intel·ligents, i els humans compartim el 91% del seu ADN.

Babuïns bordadors

El babuí borda, pica el terra i fa petar les dents per a espantar els seus enemics.

Babuí a collibè

Les cries de babuí s'arrapen a l'esquena de la seva mare durant els primers mesos de la seva vida.

Coixí incorporat

El babuí té una zona de pell al cul que sembla un coixí. Aquest coixí és un seient tan còmode que dorm assegut al damunt.

Els babuïns fan amics...

... traient-se les paparres els uns als altres.

RATPENATS

Els ratpenats són realment cecs?

No! Tots els ratpenats hi veuen, però n'hi ha que veuen millor que altres. Els ratpenats de la fruita tenen una vista excel·lent. Els que mengen insectes tenen mala vista. Emeten uns sons aguts que reboten en els insectes i així poden saber on són.

Dits palmats

Les ales d'un ratpenat es composen d'aletes de pell que uneixen els seus dits llargs i esquifits.

Cap per avall

Els ratpenats dormen penjant cap per avall perquè les seves potes no són prou fortes per a mantenir-los drets. El ratpenat s'embolica amb les ales com si fossin una manta mentre dorm.

Reunió de mares

Les mares ratpenat crien juntes els seus bebès. Totes les cries de ratpenat s'assemblen, però tenen veus diferents: així cada mare pot saber quin és el seu bebè.

Vampirs

Un vampir beu la sang de vaques i ovelles. Té una saliva especial que evita que la sang es coaguli mentre la beu.

PERESOSOS

Un peresós és molt peresós?

Molt! És l'animal més lent del món. No té molta energia, ja que li cal un mes per pair un sol àpat de fulles.

Penjat cap per amunt!

El peresós té unes urpes llargues que fa servir com si fossin ganxos per penjar-se dels arbres. Els òrgans interns del peresós estan fixats a dins de les seves costelles. Això impedeix que aixafin els seus pulmons quan penja cap per amunt.

Sabies...

... que un peresós pot girar el cap completament fins a veure pel damunt de l'espatlla oposada?

Un peresós es pot posar verd

El peresós es mou tan a poc a poc que al damunt del seu pèl es comença a fer una capa de fang verd, com si fos florit. Això l'ajuda a confondre's amb les capçades dels arbres.

Olor de res

Molts depredadors troben les seves preses seguint la seva olor. El peresós no fa olor de res i així evita que el cacin.

TIGRES

Per què és ratllat un tigre?

Per mantenir-se amagat quan està buscant el seu sopar. No hi ha dues ratlles iguals a la pell d'un tigre.

El felí més gran del món

El tigre és el felí més gran, més fort i més poderós del món.

Un gat que li agrada l'aigua?!

Els tigres són bons nedadors i els encanta refrescar-se dins de llacs i rius.

El tigre té poders curatius

Quan un tigre es llepa una ferida, la saliva l'ajuda a curar-se la pell.

La mare porta els seus cadells...

... a la boca! Quan la tigressa s'ensuma un perill, protegeix els seus cadells agafant-los pel clatell.

Sabies...

... que un tigre pot pesar tant com deu nens de deu anys?

LLOPS

Per què els llops udolen a la lluna?

El llop udola per a mantenir-se en contacte amb la seva llopada. Un llop pot sentir udols a uns quants kilòmetres a la rodona.

Brilla en la foscor

Els ulls del llop tenen parts reflectants que els fan brillar en la foscor!

Caps de la llopada

El mascle i la femella més forts lideren la llopada. Demostren el seu domini mantenint les orelles erectes i ensenyant les dents.

Sabies...

... que un llop pot fer 17 expressions facials diferents?

Cadells d'ulls blaus

Els llobatons neixen al cau i tenen els ulls blaus fins als 8 mesos, després es tornen grocs.

ÓSSOS BRUNS

Què fa l'ós bru a l'hivern?

Dorm en un cau calent i fosc. Els óssos bruns busquen una cova o el tronc foradat d'un arbre per hibernar fins a la primavera.

Als óssos els encanta la mel

Assalten els ruscos i llepen la mel amb la seva llengua llarga. Els óssos bruns també mengen abelles!

Sabies...

... que els óssos bruns tenen pèl entre els dits?

Els óssos s'afarten de salmó

S'aturen dins l'aigua per capturar els peixos amb les seves grans urpes. De vegades es posen dalt de les cascades per pescar-los amb la boca quan els salmons salten.

Fora, aquí hi visc jo!

Els óssos bruns es freguen contra els arbres o roques per a deixar-hi la seva olor. Estan advertint a altres óssos que no s'acostin.

MOSTELES

Són llestes les mosteles?

Pot ser el mamífer carnívor més petit de tots, però una mostela és un caçador murri, fort i despietat.

La mostela té una columna flexible

La columna flexible i el cos esvelt de la mostela li permeten perseguir la seva presa a dins dels caus.

La dansa del menjar

La mostela hipnotitza la seva presa amb una dansa guerrera plena de salts i torsions.

Pots trobar...

... entre les mosteles un ermini amb una taca negra a la cua?

Mosteles saltadores

Les mosteles es mouen fent saltirons ràpids. Es posen dretes sobre les potes del darrere per mirar al voltant i decidir cap a on faran el proper salt.

LLEONS

Com és de fort el rugit d'un lleó?

El rugit d'un lleó es pot sentir a 8 km de distància (si caminessis 100 minuts, encara el sentiries!). És el més sorollós de tots els animals de la família dels grans felins.

Amics per sempre

Els lleons són els únics grans felins que viuen en grups, anomenats bandades. Es fan amics llepant-se i fregant-se els caps entre ells.

El gran felí més gandul

Un lleó dorm entre 16 i 20 hores al dia, de vegades estirat damunt l'esquena i amb les potes enlaire. També fan migdiades al cim dels arbres.

Les dames després

Les lleones són més petites i més ràpides que els mascles. S'encarreguen de la major part de la cacera, però els mascles mengen primer.

No és només per fer el maco

El lleó mascle té una crinera ben espessa per semblar més terrible i també per protegir-se el coll quan lluita.

DIABLES DE TASMÀNIA

El diable de Tasmània és un diable?

Això és el que creuràs si en sents un de nit! Quan es troba en perill, el diable s'empipa i fa un crit esgarrifós.

Veure les orelles al diable

Quan un diable està alterat o molest, la sang li puja fins les orelles roses i punxegudes... i se li tornen vermelles!

Sabies...

... que els diables de Tasmània només viuen a Tasmània?

Diables marsupials

Els diables de Tasmània són marsupials. Això significa que la mare porta el seu cadell en una bossa o marsupi a la part frontal.

El diable de Tasmània no és llepafils

Un diable menja carn podrida ben content. I es menja els óssos i fins i tot la pell!

Les seves potents mandíbules...

... poden esmicolar ossos.

HIENES

És cert que les hienes riuen?

La hiena parla a la seva família cridant i fent riallades. De nits, els sorolls que fa sonen com una rialla esgarrifosa.

Treball en equip

Una hiena viu amb fins a 80 hienes més. Sempre cacen en equip demostrant molt enginy, però es barallen a l'hora de compartir el menjar que han caçat.

Una hiena pot semblar més gran...

... eriçant la crinera al llarg de la seva columna.

Pots trobar...

... la caca blanca d'una hiena? La hiena es menja els animals sencers, amb ossos i tot! Per això la caca de hiena és blanca.

Les femelles manen

Ja des de cadells, una hiena femella és més musculosa i agressiva que un mascle.

BINTURONGS

El binturong és un gat o un ós?

Ni una cosa ni l'altra! Un binturong sembla un encreuament entre gat i ós, però és una bèstia única.

Viuen a les capçades dels arbres

El binturong fa servir la cua com a cinturó de seguretat per no caure mentre dorm. La seva cua té una zona prènsil a la punta per agafar-se millor.

Els agrada la fruita

Tot i que són carnívors, que vol dir que mengen carn, principalment mengen fruita, a més de fulles i petites plantes.

Un personatge ombrívol

El pelatge negre i aspre del binturong el camufla durant la nit. Troba el seu camí a través de la foscor gràcies als seus bigotis, llargs i blancs.

Un binturong té turmells giratoris...

... pot girar completament les potes del darrere i baixar dels arbres amb el cap per davant, penjat de les urpes.

CASTORS

Per què el castor mossega els arbres?

Un castor americà rossega els arbres i fa servir la fusta per construir una casa flotant al centre del riu. També construeix un dic davant de la casa per a evitar que el corrent l'arrossegui.

A dins del cau del castor...

... hi ha dues habitacions: una per assecar-se, i un dormitori ple d'herba tova i seca. Al sostre hi ha un petit forat perquè hi entri l'aire.

Sabies...

... que un castor té les parpelles transparents i les fa servir com si fossin ulleres de bussejar?

El castor té les dents taronges...

... perquè tenen un esmalt que les endureix. I les fa prou fortes per tallar arbres.

La seva cua és com una navalla suïssa

Pot fer-la servir com a timó quan neda, o com un tamboret per a seure-hi. El castor tusta l'aigua amb la cua per avisar els altres: perill!

GUEPARDS

És molt ràpid el guepard?

És l'animal terrestre més ràpid del món, pot córrer tan de pressa com un cotxe, però al cap de 30 segons s'ha d'aturar perquè s'acalora molt.

El guepard és l'únic felí que pot...

... girar al vol. Mou la llarga cua per ajudar-se a canviar de direcció.

Com és que corre tan de pressa el guepard?

El guepard té unes urpes que s'aferren al terra com si fossin sabatilles de córrer amb claus.

Un guepard sembla que hagi estat plorant...

... però no! Les línies negres de la cara del guepard eviten que el sol li vagi directe als ulls.

Seguiu-me, cadells!

Els cadells van ben camuflats. Segueixen la punta blanca i lluent de la cua de la seva mare per no perdre's entre les herbes altes.

RATELS

És molt agressiu el ratel?

És dels mamífers més agressius del món. És carnívor i devora qualsevol animal, però el que més li agrada és la mel.

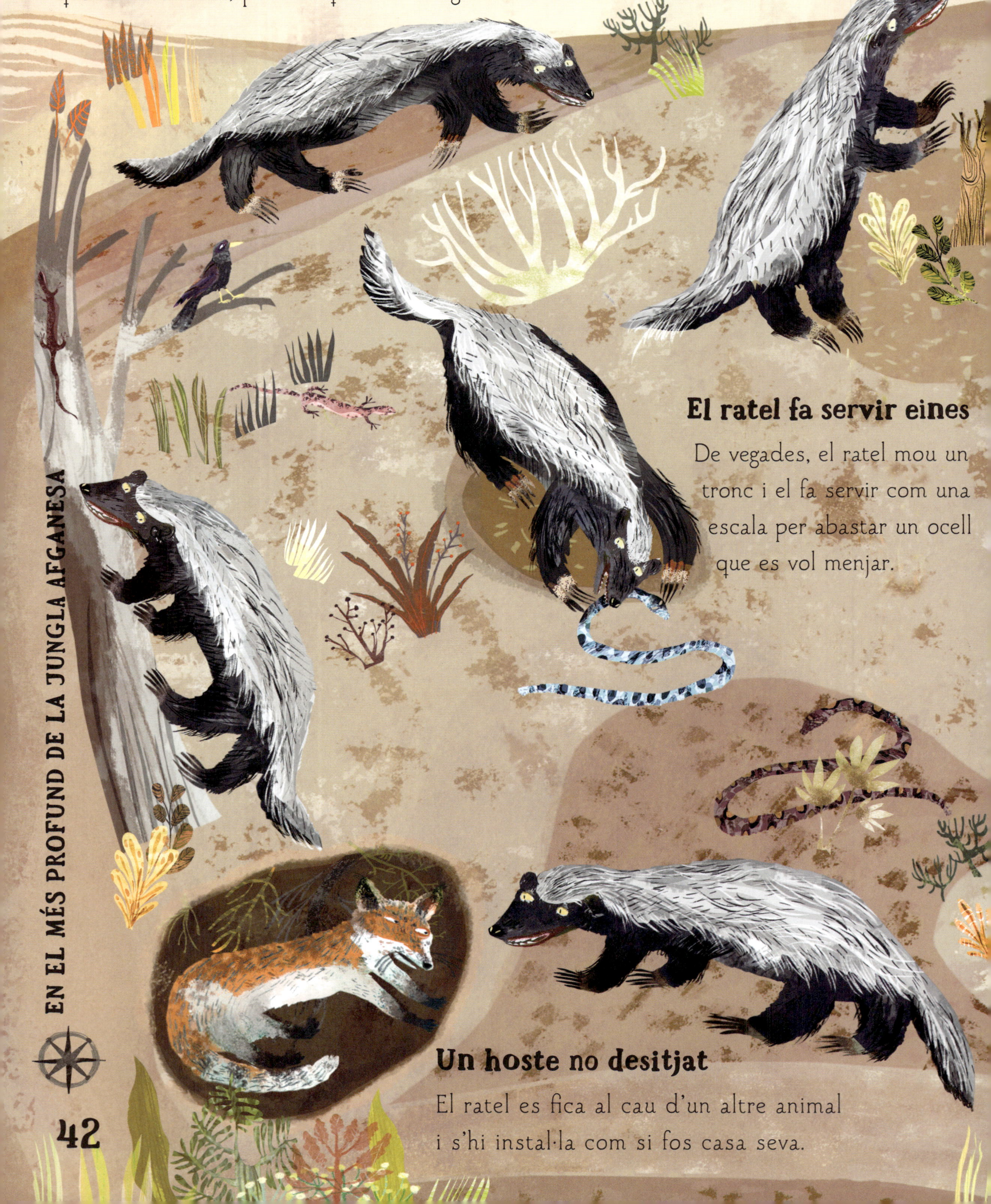

El ratel fa servir eines

De vegades, el ratel mou un tronc i el fa servir com una escala per abastar un ocell que es vol menjar.

Un hoste no desitjat

El ratel es fica al cau d'un altre animal i s'hi instal·la com si fos casa seva.

Còmplices

Treballa en equip amb un ocell indicador de la mel per localitzar un rusc d'abelles. Quan el troben, en comparteixen la mel.

Quina pudor!

El ratel produeix un líquid tan pudent que pot narcotitzar tot un rusc d'abelles. Mentre les abelles estan atordides, el ratel es menja tota la mel.

Pell gruixuda

El pèl i la pell gruixuda el protegeixen de les picades d'abella i de serp.

FACOQUERS

Té berrugues el facoquer?

Els facoquers tenen uns grans bonys a la cara anomenats berrugues. Són com coixins que els protegeixen la cara en una baralla.

Uns bons ullals

El facoquer fa servir quatre ullals esmolats per a moltes coses: són una arma perillosa, però també eines per furgar en cerca de menjar.

El facoquer menja de genolls

Quan té gana, es recolza sobre els seus genolls acotxats per menjar herba.

Els garrins corren en fila índia

Cada cadell segueix el plomall de la cua del qui va al davant, i així no es perden.

Amics servicials

Un facoquer deixa que els ocells li corrin pel cim del llom. En realitat li fan un favor: li netegen la pell d'insectes i paràsits.

PORCS ESPINS

Per què tenen pues?

El porc espí està cobert d'unes pues llargues i esmolades. Les estarrufa per a protegir-se d'altres animals que podrien intentar menjar-lo.

Quan neixen tenen les pues toves

S'endureixen pocs dies després per tal que es pugui defensar.

A l'atac!

El porc espí ataca els seus enemics des del darrere. També pot moure les pues per foragitar els depredadors.

El porc espí mai no es queda calb

Quan un porc espí punxa els seus enemics, les pues es desprenen. Però un porc espí mai es queda sense pues, perquè li tornen a créixer.

Un porc espí fa el seu cau...

... dins de troncs buits, o bé sota terra, fins i tot sota les cases!

HIPOPÒTAMS

Per què els agrada tant el fang?

Perquè els manté fresquets. Els hipopòtams passen 18 hores al dia a l'aigua, però no saben nedar!

L'hipopòtam es pot enfadar molt i molt

És una de les criatures més agressives del món. Té uns ullals enormes amb els quals lluita contra altres hipopòtams. Li encanta badallar i exhibir els seus ullals com a advertència.

El protector solar de l'hipopòtam

L'hipopòtam fa la seva pròpia crema solar. Sua un líquid vermell i enganxós que el protegeix del sol.

Caca voladora

L'hipopòtam mascle llança els seus excrements a l'aire amb la cua per marcar el territori.

Sabies...

... que els seus parents més propers són les balenes i els dofins?

EMPREMTES BESTIALS

BÈSTIES DE L'EDAT DE GEL

Què va passar a l'Edat de Gel?

Les bèsties de l'Edat de Gel es van extingir fa uns 10.000 anys, perquè el món es va escalfar i els homes les van començar a caçar. Gràcies a les pintures rupestres i els fòssils, sabem com eren.

Llop gegant

Era molt més gran que el llop modern. A causa de la seva grandària no podia córrer gaire de pressa, però era fort i ferotge.

Ós gegant de cara curta

Amb 3,5 metres d'alçada, aquest ós era el doble de gran que els óssos més grans actuals. És el mamífer carnívor més gran que ha viscut mai al planeta.

Peresós gegant

El peresós gegant era massa pesant per enfilar-se als arbres. Era tan gran com l'ós gegant de cara curta, però només menjava fulles.

Gat dents de sabre

Aquest gat gegant tenia dos ullals enormes que feia servir per caçar mamuts i altres bèsties grans.

Mamut llanut

El mamut llanut tenia la mateixa grandària que l'elefant africà. El seu pèl mesurava un metre i tenia uns ullals enormes.

SALVEM LES BÈSTIES!

Quina bèstia està en perill i per què?

Algunes bèsties moren perquè els humans contaminen i destrueixen els seus hàbitats. Algunes són caçades per obtenir alguna part del seu cos que els humans volen fer servir en medicina tradicional, o com a decoració. Vet aquí algunes de les bèsties més magnífiques que estan en gran perill, i les coses que es fan per salvar-les.

Orangutan

Les selves on viu l'orangutan estan essent talades per cultivar plantes oleaginoses. Als orfenats es recullen les cries que s'han quedat sense casa i els tornen al medi natural quan han crescut.

Elefant asiàtic

La gent caça elefants asiàtics i ven els seus valuosos ullals per convertir-los en ornaments. És il·legal matar un elefant, i la gent de la regió els vigila i els protegeix.

Panda gegant

Els pandes viuen a la Xina i els encanta menjar bambú. Els boscos on creix el bambú es talen per fer espai per a cases i carreteres. Ara molts pandes viuen als zoos o en reserves.

Tigre

Els grangers maten els tigres per evitar que es mengin els seus animals. I cada vegada les granges s'instal·len més a prop de les jungles on viuen els tigres. Ara alguns tigres viuen segurs a reserves on no hi viu cap ésser humà.

Rinoceront de Sumatra

Hi ha caçadors furtius que els maten per aconseguir les seves banyes. Les banyes mòltes es fan servir en alguns tipus de medicina tradicional. Ara la caça de rinoceronts s'ha declarat il·legal.

Linx ibèric

Els linxs ibèrics han d'anar amb compte amb els cotxes, ja que sovint els atropellen. Hi ha molta gent treballant perquè els seus hàbitats siguin més segurs, i ara la població de linxs creix cada any.

BÈSTIES AL TEU CARRER

Com arriben les bèsties a la ciutat?

Sempre hi ha menjar a les nostres galledes d'escombraries, i sovint és menys freda la ciutat que no pas al camp. També hi ha un munt de llocs on aixoplugar-se i menys animals que els cacin. Aquestes són algunes de les bèsties urbanites d'arreu del món.

Guineus roges

La guineu roja es troba a ciutats **de tot el món.** Li encanta tombar les galledes d'escombraries i furgar-hi tot buscant menjar. De vegades van a la ciutat per a fer un mos i després tornen a casa.

Babuïns

A **Sud-àfrica** molts dels hàbitats dels babuïns han estat destruïts. De vegades un babuí ha d'anar a la ciutat per trobar menjar i aixopluc. El babuí és molt valent i trapella: de vegades roba bosses de la compra plenes de menjar de la mà de la gent!

Opòssum australià

A **Austràlia,** l'opòssum corre per la ciutat pel cable telefònic. El seu piscolabis favorit són els fruits secs i llavors que troben a les menjadores d'ocells.

Ós rentador

L'ós rentador d'**Amèrica del Nord** és molt astut. Pot obrir llaunes amb les seves manetes, i fa la seva llar en xemeneies calentes.

Óssos negres americans

L'ós negre fa estralls a **Amèrica del Nord.** És intel·ligent, molt fort i pot trencar les portes dels cotxes per aconseguir menjar.

HAS TROBAT...

... les respostes a les preguntes de «Pots trobar...?» També has trobat les 15 empremtes misterioses des del començament del llibre?

8–9 Urpes i dents

12–13 Armadillos

14–15 Guineus

16–17 Babuïns

18–19 Ratpenats

24–25 Llops

26–27 Óssos bruns

30-31 Lleons

34-35 Hienes

36-37 Binturongs

42-43 Ratels

46-47 Porcs espins

48-49 Hipopòtams

52-53 Bèsties de l'Edat de Gel

54-55 Salvem les bèsties!

PARAULES BESTIALS

Com parlar com un expert en bèsties

Aquí tens algunes paraules que pots fer servir quan parlis de bèsties.

Cossos bestials

Una bèstia és el que en diem un mamífer salvatge. El **mamífer** és un animal de sang calenta i cos amb pèl, i la femella dóna a llum les seves cries, en comptes de pondre ous.

El lloc que un animal tria per viure se'n diu **hàbitat.** Alguns mamífers **hibernen:** això vol dir que dormen durant els mesos més freds.

Un mamífer és un **vertebrat,** la qual cosa significa que té una columna vertebral. Té ossos durs a dins del cos que componen un **endosquelet.**

Què menja una bèstia?

Tots els éssers vius tenen un lloc propi en la **cadena alimentària,** en funció del que mengen.

Un **carnívor** menja altres animals i és al nivell més alt de la cadena alimentària. Si caça el seu menjar és un **depredador,** però si es menja les sobralles és un **carronyaire.**

Un **omnívor** tant menja plantes com animals.

Un **herbívor** menja només plantes, i es troba al nivell més baix de la cadena. És caçat per altres animals com a **presa.**

ÍNDEX

Per a la meva mare amb tot el meu amor.

Una abraçada bestial i el meu agraïment
a la meva editora Lucy Brownridge
i al meu dissenyador Aaron Hayden

Publicat originalment al Regne Unit el 2017 per
Thames and Hudson, 181A High Holborn, Londres, WC1V 7QX.

Títol original: THE BIG BOOK OF BEASTS

Provença, 101 - 08029 Barcelona
Traducció: Susana Tornero

Quarta edició, 2022

ISBN 978-84-261-4412-6

DL B 23316-2016
Núm. d'edició d'E. J.: 14.121
Maquetació: Mercedes Romero

Printed in China